Parrocchia San Maurizio
Vedano Olona (VA)

Il Miracolo di Natale

di Natale

Un piccolo viaggio che ti porterà la gioia nel cuore

Introduzione

L'Avvento è quel periodo dell'anno che raccoglie il buon umore di tutti. Bambini, adulti, anziani attendono con ansia l'arrivo del dono più bello: Gesù!

Intorno all'8 Dicembre le case si arricchiscono di alberi di natale, si riempiono di presepi e si adornano di illuminazioni natalizie. Tutti partecipano. Nessuno si sente escluso dal preparare il proprio "luogo preferito" all'arrivo del Figlio di Dio. Il protagonista della nostra storia, Giona, ci assomiglia molto. Infatti ama giocare con la sorellina Marta, disegnare ma soprattutto apprezza lo "stare" insieme. La magia del Natale è proprio questa! Riunire le persone e donare loro momenti di spensieratezza e di felicità.

La lettura di questo racconto deve aiutarci a comprendere quanto sia gioioso e bello l'arrivo di Gesù. La stalla che Giona indica ai due coniugi come rifugio per loro e il nascituro deve sembrarci accogliente e calorosa come lo sono le nostre case, la nostra Chiesa e il nostro Oratorio.

In questi giorni che ci separano dall'arrivo del Natale sarebbe bello che le nostre case e le vie cittadine si riempissero di soavi canti natalizi e di illuminazioni brillanti, in modo da rendere l'attesa un momento indimenticabile!

Ringraziamo la scrittrice Raffaella Dellea per l'idea e la stesura di questo magnifico racconto natalizio e l'artista Elisa Beretti per le splendide raffigurazioni grafiche.

Auguriamo a tutti una gioiosa lettura e un felice Natale!

Gli animatori e gli educatori
dell'Oratorio San Giovanni Bosco

In quel tempo l'imperatore Augusto con un decreto ordinò il censimento di tutti gli abitanti dell'impero romano. Questo primo censimento fu fatto quando Quirinio era governatore della Siria.
(Lc 2,1-2)

Il sole era ormai tramontato da molto tempo ma Giona non riusciva ad addormentarsi. Si girava e rigirava continuamente sul suo pagliericcio fresco, ma i rumori e le voci provenienti dalla locanda non gli permettevano di riposare.

I suoi genitori, che avevano una locanda e che in quei giorni erano molto impegnati, lo avevano mandato in soffitta con la sorellina Marta, di soli tre anni, subito dopo la cena.
La mamma si era raccomandata "Aspetta che si addormenti, poi riposa anche tu! Domani sarà una lunga giornata, con tutti questi visitatori stranieri io e papà saremo molto impegnati e non potremo allontanarci, quindi dovrai andare tu in città per le provviste!".

A Giona piaceva andare in giro per commissioni, era l'occasione per vedere cose nuove, per ammirare gli strani abiti dei romani e le armature dei soldati.
Da grande Giona sognava di viaggiare ed era tentato di diventare un guerriero conquistatore. Avendo una gran fantasia, con l'immaginazione già viaggiava alla velocità della luce ma, avendo solo dieci anni, per il momento doveva ac-

contentarsi di curiosare in giro e ubbidire ai genitori.

In quei giorni aveva avuto modo di vedere molta gente, aveva sentito dal venditore di frutta in fondo alla via che tutti
questi forestieri stavano arrivando in città per il cen, cet,
ces...

Faticava a ricordare quella parola, così difficile da pronun-
ciare...

Ci pensò e ripensò per alcuni minuti poi la stanchezza prese
il sopravvento e si addormentò, ma poco prima di cedere al
sonno si ricordò: CENSIMENTO.

nome

nascita

paese

Tutti andavano a far scrivere il loro nome nei registri, e ciascuno nel proprio luogo d'origine. (Lc 2,3)

Giona, seguendo le indicazioni dei genitori, si avviò di buon ora sulla via per il centro città. Con la coda dell'occhio notò uno strano gatto dal pelo nero come la pece e gli occhi gialli come limoni. L'animale scorrazzava libero ed indisturbato per le vie, aveva un passo elegante e uno sguardo intelligente. Al ragazzino sarebbe piaciuto catturarlo per tenerlo con sé ma ogni volta che cercava di avvicinarsi, l'agile bestiola spariva.

Giona passò molto tempo a bighellonare lungo la via, guardandosi intorno e cercando di ascoltare le conversazioni dei numerosi stranieri. Alcuni parlavano in modo strano, in un dialetto che non conosceva, e i romani si esprimevano nella loro lingua, il latino, lenta e con suoni sconosciuti ma affascinanti.

Le locande erano piene ed era ormai difficile trovare un alloggio, alcuni alzavano la voce come se volessero protestare, altri cercavano aiuto in modo più calmo ma spesso gli abitanti di Betlemme non riuscivano a capire cosa stessero dicendo.

8

Giona si perse nelle sue fantasie fino a quando, guardando la posizione del sole, si accorse di essere in ritardo e si affrettò a prendere le provviste che servivano e a rientrare a casa. I cesti erano colmi di verdura, uova fresche e carne macellata da poco. Doveva sbrigarsi ma i cesti pesavano molto e il ragazzino era costretto a fermarsi in continuazione per riprendere fiato. Ad ogni sosta ne approfittava per guardarsi intorno e cercare quello strano gatto che gli piaceva tanto e che ogni tanto incontrava per le vie. Avrebbe voluto un po' di compagnia lungo la strada e, anche se non sapeva bene perché, aveva la sensazione che quella bestiola portasse fortuna.

Anche Giuseppe andò: partì da Nàzaret, in Galilea, e salì a Betlemme, la città del re Davide, in Giudea. Essendo un lontano discendente del re Davide, egli con Maria, sua sposa, che era incinta, doveva farsi scrivere là. (Lc 2,4-5)

Sulla via del ritorno si ritrovò a passare accanto alle spesse mura cittadine e rivide il gatto. Il cucciolo peloso stava fissando una coppia.
Lui era un uomo non più tanto giovane, con spalle larghe e le mani callose, probabilmente un artigiano. Lei una giovane che pareva piccina e molto stanca, seduta a cavallo di un asino e avvolta in un morbido mantello.
Dalle pieghe del tessuto sporgeva una pancia enorme.
"Poverina!" pensò Giona, "Deve aver ingoiato un'anguria senza masticarla! Sarà per questo che sembra così stanca ed è così pallida!".

Erano entrambi coperti di polvere, probabilmente avevano affrontato un lungo viaggio. Si erano fermati nei pressi di una fontana, dove l'uomo aveva raccolto dell'acqua in una bisaccia per poi offrirla alla sua sposa.
Lei accettò di buon grado il liquido fresco abbozzando un sorriso dolcissimo, Giona rimase abbagliato dalla grazia e dalla purezza del suo sguardo. L'uomo le tese la mano e l'aiutò a scendere dall'asino, con premura e delicatezza le accarezzò il ventre chiedendole qualcosa che Giona non riu-

scì a sentire ma capì che la giovane donna si chiamava Maria. Nonostante il suo "problemino" era davvero bella, era come se fosse avvolta da una nuvola di luce. Bastava guardarla e un senso di benessere ti avvolgeva da capo a piedi, come se ci fosse qualcosa di davvero speciale in lei.

Anche il gatto che rimaneva sempre ad una certa distanza dagli esseri umani le si era avvicinato e faceva le fusa strusciandosi sulle gambe di lei.

Mentre si trovavano a Betlemme, giunse per Maria il tempo di partorire. (Lc 2,6)

Giona avrebbe voluto osservare la coppia per ore ma era davvero tardi. A malincuore si allontanò dalla coppia e dal gatto per raggiungere la taverna dei suoi genitori, trainando il piccolo carretto che uno dei mercanti gli aveva prestato per trasportare le provviste più rapidamente.

A volte però accadono cose strane, infatti nel pomeriggio, mentre disegnava con un carboncino su un pezzo di corteccia nel cortile sul retro, avvertì un miagolio insistente. Prese la mano di Marta, perché la mamma non voleva che la si lasciasse incustodita, e seguì il rumore.

Sull'angolo del caseggiato comparve all'improvviso il suo gatto preferito, la sorellina inizio a rincorrerlo ridendo e anche Giona si ritrovò a correre per non perdere di vista il suo nuovo amico peloso. I bambini si fermarono a pochi metri dalla porta principale, dove il papà stava parlando con un uomo "Mi dispiace davvero!" stava dicendo "Ma la locanda è pienissima, io e mia moglie abbiamo ceduto anche la nostra stanza e ora dormiamo in solaio con i bambini. Non saprei davvero dove farvi alloggiare. Il massimo che posso fare è

darvi un pezzo di pane!" L'uomo con tono serio ma gentile provò ad insistere "La prego buon uomo, andrebbe bene
anche una stalla, purché sia calda. Mia moglie, come vede,
attende un bambino, il viaggio da Nàzaret è stato lungo e
faticoso soprattutto per lei in queste condizioni!"

Il papà fece "no" con la testa e richiuse la porta. L'uomo si
voltò e si diresse verso l'angolo opposto dove la moglie lo
attendeva sull'asinello. Giona riconobbe subito la giovane
speciale che aveva scorto in mattinata e gli venne una bril-
lante idea.

Diede alla luce il suo figlio primogenito, lo avvolse in fasce e lo pose in una mangiatoia, perché per loro non c'era posto nell'alloggio. (Lc 2,7)

Si avvicinò timidamente alla coppia, tenendo ben stretta la mano di Marta, tallonato dal micio nero.
Non sapeva come rivolgersi a quel signore con la barba lunga e le spalle larghe ma dallo sguardo tranquillo. La mamma gli diceva sempre di non parlare con chi non conosceva e di non essere troppo curioso delle faccende dei grandi ma non poteva lasciarli da soli in mezzo ad una strada. Il tramonto era vicino e la giovane donna teneva una mano premuta sulla pancia gonfia con aria dolorante.

Giona fece un lungo respiro profondo, prese coraggio e iniziò a tirare il mantello dell'uomo dicendo: "Scusi!"
"Dimmi piccolo, vi serve qualcosa?" si sentì rispondere da una voce decisa ma calda e gentile.
Aveva indovinato, l'omone era buono, aveva un bel problema da risolvere ma si preoccupava degli altri invece di arrabbiarsi come facevano i soldati per strada.

"Ho sentito, per caso" diventò tutto rosso in viso e faticò a proseguire "che non avete un posto dove dormire" continuò con un nodo alla gola.

A quel punto fu la donna a prendere parola
"Hai ragione! Tu potresti forse indicarci un riparo? Ci basta
poco ma ho davvero bisogno di stendermi almeno un po'!"
Giona si esibì in un gran sorriso anche se gli mancava un in-
cisivo davanti a causa di una caduta.
"Seguitemi!" disse felice. "Non è una reggia ma almeno po-
trete riposarvi un po' e stare al riparo durante la notte"
nel frattempo era già partito trotterellando.

Giona li guidò lungo un sentiero sterrato fino ad una capanna
dove giaceva solo e silenzioso un bue. Durante la strada fece
mille domande e scoprì che i nomi dei due stranieri erano
Giuseppe e Maria e che presto sarebbe nato il loro bimbo che
avrebbero chiamato Gesù.
Li lasciò soli alla capanna e si avviò correndo verso la locanda.
Il gatto, stranamente, non lo seguì questa volta.

15

C'erano in quella regione alcuni pastori che, pernottando all'aperto, vegliavano tutta la notte facendo la guardia al loro gregge. (Lc 2,8)

Per arrivare prima ed evitare le urla della mamma e la punizione di papà, Giona fece salire Marta sulla schiena per portarla in spalla. A metà percorso, più o meno, la bimba iniziò ad agitarsi eccitata, staccò un braccio dal collo del fratello maggiore ed indicò una collina nei dintorni. "Cos'è?" chiese con la sua vocina squillante.

Giona si voltò, una colonna di fumo scuro saliva verso il cielo ormai tinto di arancione e rosso per il tramonto ormai prossimo. Sorrise, felice di poter spiegare qualcosa alla piccola. Si sentiva grande, sapeva di aver appena compiuto un gesto gentile e questo lo riempiva di gioia.
Si schiarì la voce e imitando il suo maestro di scuola pronunciò:
"Quello è il fumo che sale dal fuoco dei pastori" ma la sorellina non si accontentò
"Chi sono i pastoli? Pelché accendono il fuofo?"
Il ragazzino la posò a terra, le diede la mano e mentre camminavano le spiegò con maggior calma.
"I pastori sono degli uomini e dei ragazzi che curano le pecore mentre pascolano. Stanno attenti che non scappi nessun

animale, che non si facciano male e che mangino abbastanza. Quando arriva l'ora di cena o hanno freddo accendono un fuoco, si scaldano e preparano qualcosa da mangiare, poi si avvolgono nelle coperte calde e riposano ma qualcuno resta sempre sveglio per curare il gregge e per controllare che fiamme non si spengano!"
Marta sembrava non ascoltarlo, forse il suo discorso era stato troppo lungo e noioso per una bimba così piccola.

Quando arrivarono a casa era ormai quasi buio, erano stanchi e affamati quindi entrarono nella grande cucina per riempire i loro pancini prima di raggiungere i pagliericci in soffitta.

Un angelo del Signore si presentò a loro, e la gloria del Signore li avvolse di luce. Essi furono presi da grande timore. (Lc 2,9)

Sulla collina intanto i pastori passarono una serata allegra, la notte non era ancora tanto fredda e si rilassarono accanto al fuoco, sorseggiando bevande calde e raccontandosi storie per diverso tempo prima di sdraiarsi e chiudere gli occhi.

Verso la mezzanotte, in cielo apparve una luce abbagliante. I pastori si svegliarono all'improvviso e spalancarono gli occhi spaventati quando il ragazzo di sentinella iniziò ad urlare. "Svegli, svegli! Succede qualcosa di strano!" Il più esperto del gruppo indicò una figura sospesa nel cielo, esattamente al centro del bagliore. Sembrava un adolescente con le ali, era di una bellezza incredibile e sorrideva in modo rassicurante.

I pastori non lo sapevano ma si trattava di un angelo che con voce gentile li invitò a raggiungere Betlemme, o meglio a seguire la sua luce. Rimasero per qualche minuto paralizzati dalla paura ma poi decisero di avviarsi.

Nel frattempo Giona si svegliò allarmato da uno strano miagolio, "Miao, miao". Aprì gli occhi e vide il suo amico gatto nero, che sembrava chiamarlo dal fondo della stanza. Lo raggiunse e guardò fuori; con grande stupore, vide una luce molto potente in lontananza, più o meno nel luogo in cui aveva visto il fuoco dei pastori rientrando a casa la sera prima.

Il ragazzo decise allora di uscire e raggiungere la capanna. Scese al piano di sotto, raggiunse il papà e gli raccontò tutta la storia. Era un bambino coraggioso ma non poteva andare in giro di notte da solo.
Il brav'uomo vide qualcosa di magico nello sguardo del figlio e decise di accompagnarlo con il carretto.

Appena gli angeli si furono allontanati da loro, verso il cielo, i pastori dicevano l'un l'altro: «Andiamo dunque fino a Betlemme, vediamo questo avvenimento che il Signore ci ha fatto conoscere». Andarono, senza indugio, e trovarono Maria e Giuseppe e il bambino adagiato nella mangiatoia.
(Lc 2,15-16)

I pastori iniziarono a prepararsi, si misero le calde stole di lana grezza sulle spalle, legarono i calzari, si assicurarono che le pecore fossero in una zona non pericolosa e, pieni di gioia e curiosità, partirono. Lasciarono il più anziano a curare il gregge e si incamminarono verso la grande stella con la coda che splendeva vicino a Betlemme. Avanzarono lentamente, attenti a non inciampare, in fila ordinata e in silenzio.

L'aria era fresca e l'angelo volava sopra di loro per guidare e illuminare il loro cammino. Raggiunsero in breve tempo un sentiero ampio e comodo che saliva dolcemente verso un'altura per poi scendere in una piccola valle e proprio lì, al centro, una vecchia stalla dal tetto piegato dalle intemperie.

I pastori si stupirono di trovarvi una piccola famiglia.
Un uomo maturo e barbuto, con mani grandi e lo sguardo buono, sostava in piedi, appoggiato a un lungo bastone.
Una fanciulla bellissima, che irradiava luce e dolcezza, sedeva su un vecchio tronco, con aria stanca ma serena, e teneva la manina di un neonato che dormiva beato in una

mangiatoia. Un bue e un asino assistevano alla scena a distanza ravvicinata, sembrava quasi che volessero scaldare con il loro fiato il nuovo nato.

Dopo poco si sentì un rumore di ruote. Arrivò un carretto trainato da un vecchio mulo e ne scesero un ragazzino, un uomo e un gatto nero e gli occhi gialli. Il pelosetto andò subito ad acciambellarsi ai piedi della mangiatoia, l'uomo rimase immobile, colto dallo stupore come i pastori, mentre il piccolo corse a portare del pane raffermo e qualche dattero alla giovane madre.
"Grazie Giona" esclamò semplicemente lei accarezzandogli dolcemente una guancia "per tutto".
Poi indicando il figlioletto aggiunse "Lui è Gesù, venuto al Mondo per portare Amore e si ricorderà del tuo buon cuore!"

E dopo averlo visto, riferirono ciò che del bambino era stato detto loro. Tutti quelli che udivano si stupirono delle cose dette loro dai pastori. (Lc 2,17-18)

Durante il viaggio di ritorno i pastori parlavano tra loro ancora increduli, non vedevano l'ora di raccontare a tutti di questa notte incredibile. Era un vero miracolo e loro, poveri lavoratori, erano stati i primi a vederlo. Sapevano di dover dare a più persone possibili questa lieta novella.

Giona rimase silenzioso per un paio di giorni, con gran preoccupazione dei genitori e della sorellina. Poi il terzo giorno uscì di casa, sorridente, raggiunse il gatto nero, che ormai era diventato il suo migliore amico, nel cortile, prese un pezzo di corteccia e un carboncino annerito e iniziò a disegnare. Prima rappresentò Betlemme con tanti romani e la gente che veniva per il censimento, poi Giuseppe e Maria mentre cercavano un alloggio e la camminata fino alla vecchia capanna.

Prese poi un nuovo pezzo di corteccia e in grande disegnò ciò che vide in quella magica notte: una giovane madre amorevole, un padre attento, un bambino decisamente speciale che splendeva di luce, tre animali che istintivamente tentavano di proteggerlo, un angelo che volava sopra il tetto di una vecchia capanna, un gruppo di pastori e quella strana e meravigliosa stella in cielo.

Il papà si avvicinò e gli chiese:

"Cosa stai facendo?" e Giona rispose "Tutti devono conoscere questa storia e sapere che il figlio di Dio è tra noi!"
ma, visto che l'uomo sembrava non capire aggiunse:
"Quando i romani vogliono far sapere a tutti qualcosa, lo
scrivono su una pergamena e poi lo leggono nelle piazze.
Io non so scrivere e molti abitanti di Betlemme non sanno
leggere ma se io appendo questi disegni in città, li vedranno
tutti e tutti sapranno!"

L'oste spettinò il ciuffo ribelle del figlio con un gran sorriso.
"Hai ragione figlio mio. Quando ci sarà meno gente alla locanda ti aiuterò a disegnare e ad appendere queste immagi-
ni, promesso!" e riprese a lavorare con un misto di gioia ed
orgoglio nel cuore.

Preghiera finale

È Natale ogni volta
che sorridi a un fratello
e gli tendi la mano.
È Natale ogni volta
che rimani in silenzio
per ascoltare l'altro.
È Natale ogni volta
che non accetti quei principi
che relegano gli oppressi
ai margini della società.
È Natale ogni volta
che speri con quelli che disperano
nella povertà fisica e spirituale.
È Natale ogni volta
che riconosci con umiltà
i tuoi limiti e la tua debolezza.
È Natale ogni volta
che permetti al Signore
di rinascere per donarlo agli altri.

(Madre Teresa di Calcutta)

Buon Natale!

Printed in Great Britain
by Amazon